DELIVRAN

CHEVALIERS DE LA GLOIRE,
Par le grand Alcandre Gaulois.

BALLET,

Pour l'heureuse Naissance de Monseigneur

LE DAVFIN.

Fait par *Monseigneur l'Illustrissime & Reuerendissime*
FEDERIC SFORCE, *Vicelegat, Gouuerneur general*
& *Sur-Intendant des armes pour Nostre Sainct Pere*
ez Cité & Légation d'Auignon.

Dancé dans la grand Salle du Palais, par des principaux
Gentil-hommes de ladite Ville.

EN AVIGNON,
De l'Imprimerie de IAQVES BRAMEREAV, Imprimeur de sa
Saincteté, de la Ville & Vniuersité. *Auec permission.*
M. DC. XXXVIII.

SVIECT DV
BALLET.

IRPHEE ieune Magiciene, celebre sur toutes les riues de l'Occean pour les extraordinaires effets de ses prodigieux enchantemens, ayant appris de ses fidelles Demons qu'Agesilam Paladin François suiui des Cheualiers de la gloire, lassez de cueillir des Palmes & des Lauriers dans leurs terres, estoient resolus d'en depeupler le reste du monde pour y semer des Lys & bastir des nouueaux trophées à leur incomparable valleur, preuoyant que l'Isle fortunee des Palmiers, pour les perfections dont Nature l'a embellie & pour sa situation miraculeuse, pourroit estre le premier objet qui dourroit de l'employ à leur courage & faciliteroit l'execution de leur genereux dessein, bien-tost esclaircie de sa doute par la prompte descente qu'ils font en ceste Isle, auec vne diligence incroyable, s'y faict porter dans vne nuë & treuuant ces glorieux Heros, qui se delassoient du trauail de la Mer dans vne forest de Palmiers, les endort par l'artifice de sa voix miraculeuse. Endormis, auec l'effort de sa baguette elle despoüille dans vn instant les arbres plus verdoyans de leurs fueilles & les seiche iusques à la racine, bannit le Soleil, change les iours continuellement serains en des nuicts eternelles, conuoque les Demons de l'air & de la terre, pour dresser vn throsne à l'Hyuer tout couuert de neiges & de glaçons sur le lieu où le plus agreable printemps sisi-

foit fon plus ordinaire fejour, ouure les grottes d'Eole , de Boree
& d'Aquilon dans la plus douce temperateure de l'annee , faict
naiftre le plus piquant & rigoureux Hyuer que la nature aye iamais produict, change la Mer voifine en des glaçons empierrés
pour interdire l'abord à toute forte de fecours & foit par l'enuie
qu'elle porte aux profperitez de ces Heros infortunez, ou piquée
de leurs beautez pour les poffeder plus longuement , les transfor-
me en des plus monftrueux animaux que la Libie aye iamais for-
mé, leur cõmet la garde de cefte Ifle defolée & les rend complices
de leur mal-heur & deplorables inftrumens de leur captiuité.

La Renommee prompte & diligente meffagere en porte la nouuelle au grand Alcandre Gaulois & l'affeure que la fin de cefte
glorieufe auanture n'eft promife qu'à fa feulle valleur, cest inuincible Conquerant touché du defplaifir extreme de l'abfence de
fes plus fidelles feruiteurs, fe difpofe de voller à leur fecours , mande
Opis & Driope(belles N'ayades de la Seine) en embaffade extraordinaire vers Thetis & Glauque, auec commandement de pre-
parer vn équipage fortable à fa grandeur pour fendre les ondes &
fans autre fuite que des Genies de la Juftice & de la Clemence
(qui ne l'abandonnent iamais) aborde cest Empire écumeux ,
à la riue duquel la Deeffe de la Force fur vn Char doré, tiré par
deux Lyons , s'offre à l'accompagner en ce perilleux voyage & luy
promettant la mefme puiffance qu'il a eu autresfois fur ce fier Element luy infpire fes plus fecretes vertus. Cent ieunes Tritons char-
mez de la Majefté de ce vainqueur font efcorte a vn Daufin
choifi par la main du grand Neptun , le plus richement efcaillé,
le plus grand & le plus parfait que la Mer aye iamais nourry.
C'eft par la diligence de ce glorieux Daufin, rauy de l'honneur
d'vne fi pretieufe charge , que le grand Alcandre doit bien toft
voir cefte Ifle infortunee (il l'aborde) A la prefence de cest
Aftre nouueau les glaçons fondent, il combat les monftres & les
met en fuite, foüle aux pieds les charmes , les enchantemens font
                                                              deffaits

deffaits. La deplorable Zirphee reduite à ses genoux implore ceste
clemence qui n'a iamais esté refusee à ceux qui l'ont demandee
& renonce au commerce des Demons & à toute sorte de charmes
pour iamais. L'Isle reprend sa premiere verdeur, le Soleil redore
la terre auec ses rayons plus esclatans, les fleurs donnent des odeurs
toutes rauissantes, les fruicts ont des saueurs toutes extraordinaires & les Paladins remis en leur plus belle forme se font voir
à leur Liberateur dans la mesme forest qui les auoit auparauant
receus. Zirphee conuie le grand Alcandre à prendre du repos
dans vne grotte toute ionchee de Roses & de Lys & croyant de
l'arrester, luy donne tous les diuertissemens qu'vn grand Prince
peut desirer, mais son ardeur impatiente tousiours ennemie de loi-
siueté dispose ces Heros au retour. Dans les desplaisirs inconsola-
bles de ce depart Zirphée adore ce glorieux Vainqueur, honore
ces Paladins de riches presens, embellit la teste de ce Royal
Daufin (par qui elle a receu l'honneur de voir le plus grand de
tous les hommes) d'vne pretieuse couronne, le crée Roy de la Mer,
entortille son col, sa queüe & ses aislerons d'vne forest de Lys &
par vne infaillible prediction asseure le grand Alcandre Gaulois,
qu'auec l'assistance de ce genereux Daufin, la conqueste de l'Af-
frique & de l'Asie, doit estre la moindre de ses victoires.

B

ORDRE DV
BALLET.

S I toſt que la grande toile qui couuroit le fron-
tiſpice du Theatre fut abbatüe on vit aux deux
coſtez d'iceluy vne foreſt de Palmiers ſi artiſte-
ment repreſentée que les yeux des ſpectateurs
en furent ſurpris & douterent long temps ſi elle eſtoit
effectiue, la Paleſtine n'en vit iamais vne ſi verdo-
yante & bien qu'elle n'euſt que trois toiſes de longueur,
elle paroiſſoit toutesfois en auoir plus de mille , tant
la perſpectiue y eſtoit poinctuellement obſeruee.   Au
fonds dudit Theatre parut vne maiſon de plaiſance aſ-
ſortie de toutes les beautez qui peuuent faire admirer vn
grand ouurage, les tours qui l'embelliſſoient, les fontaines
qui l'enuironnoient & les allees de Iaſmin qui paroiſ-
ſoient à ſes coſtez , donnoient des rauiſſemens extraordinaires, le tout eſclairé auec vne ſi grande quantité de
lumieres, deſquelles on ne voyoit neantmoins que l'effect, qu'il ſembloit que ce fuſt le propre ſejour du Soleil:
Dans ceſte foreſt parurent douze Paladins François, qui
laſſez du trauail de la Mer prenoient leurs diuertiſſemens
à voir dancer.
Six Matelots armez de Rames argentees , qui faiſant
la premiere entree teſmoignoient par la gaillardiſe de
leurs pas autant d'agilité ſur terre qu'ils auoient heu d'a-

dreſſe ſur Mer pour conduire ces fameux Heros dans
ceſte Iſle, mais dans la plus ardante chaleur de leur dance,
apres vne longue tempeſte de tonnerres & d'eſclairs, vne
nüe parut au Ciel s'y eſpaiſſe que toute la Scene en fuſt
obſcurcie & eux ſaiſis d'effroy, conſtraints de chercher
leur aſſeurance dans la foreſt des Palmiers.

Ceſte nüe deſcendant du Ciel & grociſſant peu à peu,
couurit tout le fonds du Theatre; comme elle fut à vne
toiſe prez du parterre, elle s'ouurit : Zirphée parut aſſiſe
au milieu, tenant vn l'hut à la main, enuironnée d'vne
infinité de lumieres qui la faiſoient briller toute en or.
Les nuees roülloient continuellement autour d'elle, &
par la melodie de ſa voix ayant endormy les Heros,
elle deſcédit à terre portée ſur vne petite nüe qui ſe deſta-
cha de la grande. Et dans la ſeconde entrée fit voir ſes
pas auſſi miraculeux que ſes actions, d'vn coup de baguette la Scene fut changée dans vn inſtant, les arbres ſei-
chez & tous briſez par vne prompte tempeſte qui s'eſ-
leua, on ne vit que môtaignes couuertes de glaçons & de
neiges & ce ne fut plus qu'vn deſert effroyable à la veuë.

Deux Demons deſcendus de l'air & deux ſortans du
centre de la terre, donnans la troiſiéſme entrée, par
le commandement de leur Maiſtreſſe firent paroiſtre au
milieu de la Scene le Dieu de l'Hyuer ſur vn throſne de
neiges, de glaces & de frimats. Morphée Dieu du ſomeil
couché à ſes pieds ronflât ſur de gerbes des pauots, ſoubs
lequel y auoit trois grottes, de l'vne deſquelles ſortit.

Æole Roy des vents qui faiſant la quatriéſme entrée
auec des agilitez merueilleuſes excita des effroyables
tempeſtes.

Borée & Aquilon auſſi animez que leur Roy, dans
la cinquiéſme entrée ſoufflerent auec tant de violençe

que les Rochers en furent ébranlez.

Apollon defcendant de la Montaigne de l'Hyuer, vint donner la fixiefme entree, enuelloppé d'vne nüe qui le couuroit à demy & par fes rayons languiffans & la melancholie de fes pas tefmoigna le defplaifir qu'il auoit de quitter par la force des enchantemens ce delicieux fejour.

Morphee s'eftant efueillé au fon des violons, pour faire la feptiefme entree, le fomeil le preffant continuellement, ne luy donna pas le moyen de la faire longue, il le contraignit auffi-toft de s'aller mettre dans fon repos ordinaire.

Deux femmes couuertes depuis la tefte iufques aux pieds d'vn crefpe noir femé d'eftoilles d'argent, qui reprefentoient les longues nuits, ayās fait la huiĉtiefme entree, s'allerent infenfiblement coucher pres de Morphee, leur ancien fauory, aux pieds de l'Hyuer.

Le Marquis de Fieflan Ambaffadeur des Scites auec fes pas auffi extrauagants que fes habits, fit la neufiefme entree.

Le Palatin de Surdermanie Admiral de la Mer glaciale, fit la dixiefme entree, les rauiffemens des fpectateurs furent extraordinaires, voyans le capricieux affortiment du perfonnage.

Le Duc de Kalembert extraordinairement deputé Par les Gellons ayant fait la vnziefme entree, fuiuy de fes deux Pages, auffi fantafquement habillez que luy, fut auec les deux autres remercier la belle Zirphee de ce qu'elleauoit retiré l'Hyuer de leurs contrees pour en enrichir cefte Ifle.

Zirphee auec fes foupleffes accouftumees dans vn contentement n'omparcil de voir fes volontez executees

auec

auec tant de promptitude & fi poinctuellement pour tirer plus de fatisfaction de fon entreprinfe, changea tous
ces Paladins en des monftres du tout efpouuentables, leur
affigna à chafcun vn lieu pour garder cefte Ifle infortunee & empefcher par leurs effroyables rencontres l'a-
bord à toute forte de perfonnes.

Dans vn inftant la Scene s'eftant changee, on ne vit
plus qu'vne Mer entouree de Rochers, de Ports, de Phares,
& de montaignes inacceffibles, la Renommee defcendant
de la plus eminente, portant deux trompetes en bouche
vint annoncer au grand Alcandre Gaulois que le Ciel
auoit deftiné la defliurance de ces Heros à fa feule valeur & ayant faict par fon recit la treziefme entree l'af-
feura que toute forte de bon-heur l'accompagneroit
en cefte entreprinfe.

Tandis que les fpectateurs admiroient auec eftonne-
ment l'artificiel adjancement de cefte Mer & qu'ils s'en-
tretenoient à voir quantité de vaiffeaux, qui dans l'efloi-
gnement paroiffoient courir auec vne viteffe incomparable, Opis & Driope (Nayades de la Scene). Dans la
quatorziefme entree vindrét porter à Thetis Deeffe de la
Mer, le commandement d'Alcandre qui eftoit de luy pre-
parer vn équipage digne de fa grandeur pour courir fur
les Ondes & voler au fecours de fes fidelles feruiteurs.

Vne voix melodieufe peu à peu s'approchant le long
des Coftes de la Mer fit voir que c'eftoit la Deeffe de la
Force, qui preparoit la quinziefme entree. Elle eftoit
montee fur vn chariot tout d'or enrichy d'vne infinité
de Coquilles d'Argent, de Corals & de Bouqueterie,
traifné par deux grands Lyons Marins pour feruir d'efcorte en ce voyage au glorieux Alcádre, deux Tritons la
fuiuoiét portans fur leur dos les Genies de la luftice & de

C

la Clemence, charmans par la delicateſſe de leur voix
cet inuincible Conquerant, lequel parut bien-toſt apres
monté ſur vn ſuperbe Daufin, qui portant cet aggreable
fardeau auec vne tranquilité extraordinaire le rendit en
peu de temps au port deſiré.

Au bruit d'vn ſon confus de Trompetes, de Clairons,
de Hautbois & de Conques marines, fait par vn nombre infini de Tritons & de Nereides, eſclatant auec vne
merueilleuſe harmonie, la Mer diſparut & la Scene fut
veuë dans ſa premiere froideur.

Alcandre ſeul armé d'vn bouclier & d'vne eſpee en-
tra dans l'Iſle. Ce fut à ceſte ſeizieſme entree que les
Monſtres gardiens apres vn opiniaſtre combat furent
défaits, mis en fuite & Zirphee aux genoux de ce Triomphateur adorant ſa valeur, fut veüe implorer ſa miſeri-
corde, renoncer à ſes Démons & dans vn inſtant par la
vertu de ſa verge enchantee la Scene remiſe dans ſa
premiere beauté. Les Paladins en la meſme poſture qu'ils
auoient eſté endormis dans la Foreſt des Palmiers receu-
rent au milieu d'eux leur Liberateur ſur vn lict de Roſes
& de Lys & auec de nouuelles admirations adorerent ſa
chere veuë.

Zirphee rauie en des contentemens extremes pour ar-
reſter le grand Alcandre plus long temps dans ceſte Iſle
& iouyr de ſa chere preſence apres vne muſique de
Huts, de Thyorbes, & des voix parfaictemét concertées
luy offrit tous les diuertiſſemens poſſibles & fit ſortir.

Le Dieu de la Chaſſe & le Dieu de la Peſche qui pro-
mirent à ce Prince toute ſorte de plaiſirs & ayans fait la
dixſeptieſme entree.

Le Dieu du Ieu & de la Muſique ne furent pas moins
empreſſez. Dans leur dixhuict.eſme à diuertir cet Heros

qu'ils auoient de contentement à l'admirer.

La dixneufiefme entree fe fit par vne grande Guenu-che (ordinaire recreation du Palais de la belle Zirphee) veftuë en Dame de Village, de laquelle quatre Nains eftoient amoureux, leurs pas bouffons, & leurs grimaffes reiterées, furent capables de refioüir la plus noire me-lancholie.

Zirphee pour faire voir à ce Prince glorieux, que fi dans ce fejour il defiroit eftre ferui par des Dames, ou par des Gentil-hommes, elle auoit dequoy le fatisfaire. Fit donner la vingtiefme entrée par des Hermafrodites, à leur abord les fages de Grece euffent heu de la peyne à contenir leurs ris.

Et pour luy donner des plus grádes preuues de fa puif-fance merueilleufe, apres les entretiens qu'il receut en effet, elle luy en voulut fournir en idee & par fes enchan-temens luy fit voir vn des plus aggreables diuertiffémés, que l'imagination puiffe conceuoir ; ce fuft la iouîte qui fe fait en Auignon fur la belle Riuiere du Rhofne, fon Pont incomparable, cefte Roche efcarpee qui luy fert de deffence, la multitude des peuples, des Caroffes, & des Ca-ualiers, qui affiftent à cefte Fefte, y furent fi heureufement reprefentez, que la verité n'a iamais eu des charmes fi ra-uiffans, que la figure en fuft efmerueillable.

Enfin apres mille autres diuertiffements foit de la veüe foit de l'ouye. Alcandre refolu à fon defpart fuiui de douze Paladins laffez de cefte oifiueté finirent par vn grand Baller dancé auec vne merueilleufe iufteffe & quit-tans cefte Ifle, s'en allerent jouyr du repos qui leur auoit efté acquis par les incomparables labeurs de cet inuinci-ble Monarque.

RECIT DES MATELOTS.

ICTORIEVX Nochers apres tant de tem-
pestes
Goustons les fruicts charmans, & les douceurs par-
faites,
Du repos gratieux par les Astres donné,
Dans ce lieu fortuné.

Que nos fameux Heros, de victoire, en victoire,
Cherchent tant qu'ils voudront le chemin de la gloire,
Nous cherchons, animez, d'vn souhait plus diuin,
Le sejour du bon vin.

Et tandis qu'eschauffez d'vne guerriere audace
Ils vont offrir leurs bras au grand Dieu de la Thrace,
Nous allons plus humains, presenter nos escus
Aux Autels de Bachus.

RECIT DE ZIRPHEE
INVOQVANT LES DEMONS.

O Dieux que ce plaisir est doux!
Les vainqueurs sont à nous,
Et pour animer leurs conquestes,

Ie leur prepare exprez,
Au lieu du verd Laurier qui couronne leurs testes,
Vn funeste Ciprez;
Sus, sus Demons, venez troupe fidelle,
C'est moy qui vous appelle.

Agreable Dieu du sommeil,
En douceurs nompareil,
Esueillez vous à mes prieres,
Semez mille pauots,
Et d'vn somme oublieux accablez les paupieres,
De ces ieunes Heros;
Et vous, Demons, venez troupe fidelle,
C'est moy qui vous apelle.

Courriers aislez, prompts Messagers,
Vous postillons legers,
Du sec & froidureux Boree,
Animez vos poulmons,
Hyuer, glace frimats, tempeste desiree,
Fauorables Demons.
Sus, sus venez, venez troupe fidelle,
Zirphee vous appelle.

LES DEMONS
AVX DAMES.

DEsdaigneux Soleils de la Cour,
Qui fuyans nos mornes visages,
A l'aueugle Dieu de l'amour,
Offrez nuit & iour des hommages.

D

Apprenez qu'il vous faira voir,
(Par le deplorable sçauoir
D'vne funeste experience)
Que sous vn visage si doux,
Ji est bien plus Dieu d'apparence,
Mais qu'il est en effect, bien plus Diable que nous.

LES VENTS AVX DAMES.

Voyans nos pas si desreglez,
Vos yeux par l'amour aueuglez,
Nous condamneront sans deffence,
Mais toutes nos legeretez
Ne sont que des traicts empruntez,
De vostre ordinaire inconstance.

Vous nous fournissez des leçons,
Tous les iours en tant de façons,
Pour bien deuenir infidelles,
Que l'espoir nous seroit osté,
D'imiter vostre agilité,
Sans l'assistance de nos aisles.

APOLLON AVX DAMES.

Dans ce nuage espais, dont le voile m'enserre,
Je ne sçaurois treuuer le chemin de la terre,
Et ne puis plus teuuer (sans l'esclat de vos yeux)
Celuy mesme des Cieux.

Mes cheuaux endormis, ronflent deſſous les ondes,
Et diſent, aueuglez, dedans ces nuicts profondes,
Que pour luire ſur terre & briller dans les Cieux,
    Il ne faut que vos yeux.

RECIT DE MORPHEE.

VN ſommeil continu me ſçait ſi bien rauir,
  Que ie ne donne plus à mes yeux de relache,
Et ne m'eſueille point, ſi ce n'eſt qu'on me fâche,
Ou bien lors que Cloris m'oblige à la ſeruir.
Ie ſuis Dieu pour cherir ceux qui me font hommage,
Qui ne m'ayme bien toſt eſpreuue ſon dommage,
Et comme à mes amis ie verſe vne douceur,
(Que le Ciel ne ſçauroit la donner plus entiere)
Je mets mon ennemy dans les bras de ma ſœur,
Et d'vn ſomme eternel ie ferme ſa paupiere.

LES LONGVES NVICTS.

AVanturiers bien-heureux,
  De qui les fortunes calmes,
Font des Myrthes amoureux,
Leurs plus glorieuſes palmes:
Venez, ſoldats de Cypris,
Amour vous donne le prix;
Venez, genereuſes ames,
Franches de crainte & d'ennuis,
Pour ſacrifier vos flammes
Aux douceurs des longues nuicts.

LES TROIS ADMIRAVX
DE LA MER GLACIALE.

Es plus gelez climats que l'Vniuers enferre,
Ou iamais le Soleil ne regarde la terre,
  Qu'auec des esclats palissans,
Nous venons adorer les glorieuses armes,
  D'vne main, dont les charmes
Sont aussi redoutez, comme ils sont rauissans.

Nos terres qui iadis seruoient infortunees,
De funeste iouët, aux fureurs obstinees,
  Des orages plus esclatans,
Regardent auiourd'huy, (par l'effort de Zirphee)
  L'arrogance estouffee,
De l'Hyuer qui se change en eternel Printemps.

Nos ports sont desormais à l'abry de l'orage,
La terre est sans glaçons & le Ciel sans nuage,
  Nous donne sa viue clarté
Eole a terminé sa rigueur infinie,
  La tempeste est bannie.
Et le froid pour iamais s'est de nous escarté.

Mais las! que ie preuoy ceste peine inutile,
De vouloir retenir les Heros en ceste Isle,
  Dedans les glaces enfermez,
Car les charmans regards de tant de belles Dames,
  Atiseront des flammes,
Que les mesmes glaçons en seront allumez.

Zirphee

ZIRPHEE CHANGEANT
LES PALADINS EN MONSTRES.
Aux Dames.

MErueilleux objets que ie voy,
Beautez, que l'Vniuers admire,
Ne tenons nous pas vous & moy
Tout le monde sous nostre empire?
Rien n'eschape à nos belles mains,
Nous sçauons rauir les humains,
Mais auec ceste difference
Que ce que mon bras rauisseur,
Execute par violence,
Vos yeux le font par la douceur.

LES PALADINS CHANGÉS
EN MONSTRES.

HEros tous couuerts de gloires
Qui desdaignans les dangers,
Allez chercher des victoires
En des pays estrangers.
Voyez qu'vne main sorciere,
Arrestant nostre carriere,
Fait de nous ce qu'elle veut,
Nous ne sommes plus des hommes,
Euitez ce qu'elle peut,
Et plaignez ce que nous sommes.

B

RECIT DE LA RENOMMEE.

DE tant de messages diuers,
Dont ma trompete vagabonde,
Courant sur la terre & sur l'onde,
A rempli tout cet Vniuers;
Iamais des plus rares merueilles
N'ont si bien charmé les oreilles,
Et dedans les rauißemens
D'vne nouuelle si certaine,
Ie ne puis tesmoigner qu'à peine
L'excez de mes contentemens.

Noſtre grand Alcandre Gaulois,
Ce Mars dont les lauriers ſans nombre
Tiennët tant d'Heros ſous leur ombre,
Et tant de peuples ſous leurs Lois,
En des eſtrangeres contrees,
Va cueillir des palmes dorees,
Et d'vn ordinaire bon-heur,
Baſtir vn monde de trophees
Sur les puißances eſtouffees,
Des ennemis de ſon honneur.

Le voicy ce grand Conquerant,
La tempeſte eſt enſeuelie,
Neptun deuant luy s'humilie,
Les Tritons le vont adorant,
Et dedans la reconnoißance
De ſa merueilleuſe puißance,
(Par la conduite d'vn Daufin)
Mettent cet Heros au riuage,

Et font gloire de rendre hommage,
Aux miracles de son destin.

Roy de ces peuples argentez,
Presage de bonne fortune,
Que ton assistance oportune,
Nous promet de felicitez;
Que tes soings nous sont necessaires,
Et que ces monstres aduersaires,
(Deffaillis d'adresse & de cœur
En ta glorieuse presence)
Vont peu faire de resistance,
A l'effort de nostre Vainqueur.

Il est vray, ie le vous predis,
C'est Apollon qui me l'inspire,
Et desia les chesnes d'Epire,
Ont publié ce que ie dis.
Alcandre le Dieu de la guerre,
Ayant dompté toute la terre,
Pour assoüuir ses apetis,
Il faut qu'vn Daufin luy façonne
Vne precieuse Couronne
Dessus l'empire de Thetis.

LES NAYADES EN

AMBASSADE VERS THETIS.

POmpeuses filles de la Seine,
Qu'vn doux sommeil enseuelit
Dans les molesses d'vne areine,
Qui sert de plume à vostre lit;
Parez vous de graces nouuelles,

Et par des mouuemens diſpos,
Portez les meſſages fidelles
De l'Autheur de voſtre repos.

Flots dormans, ondes pareſſeuſes,
Sablons en argent conuertis,
Pouſſez vos routes glorieuſes
Vers les campagnes de Thetis.

Guidez nous, belles fugitiues,
Par vn effort precipité,
Le long des orgueilleuſes riues
De cet Element indompté.

Pour dire à la troupe importune,
Des vents, qui grondent ſur la Mer,
Qu'vn Dieu plus puiſſant que Neptune,
Leur ordonne de ſe calmer.

Mais quoy? deſia ſa renommee,
Appaiſant leurs ſeditions,
Fait voir que ceſte onde calmee,
Reçoit le nid des Alcions.

Dans vn reſpectueux ſilence,
Les flots demeurent arreſtez,
Et n'oſent faire reſiſtance
A qui les a deſia domptez.

Allons donc, genereuſe bande,
Voir ce bien qui nous va rauir,
C'eſt Alcandre qui les commande,
Faſons gloire de le ſeruir.

RECIT DE THETIS

Cleux retenez vos tempestes,
Vents tenez vous enfermez,
Flots orgueilleux reprimez
L'insolence de vos testes,
Orages appaisez vous,
Vn Dieu plus puissant que nous,
Vous oblige de vous taire,
Son bras vous dompta iadis,
Redoutez ce qu'il peut faire,
Et faites ce que ie dis.

RECIT DE LA DEESSE DE
LA FORCE, ACCOMPAGNANT
le Grand Alcandre.

Que te puis-ie inspirer, merueille de nostre âge,
Les Dieux vont preferant ta puissance à la leur,
Ie ne suis pres de toy que pour te rendre hommage,
Et pour adorer ta valeur.
Souffre que ie te suiue, incomparable Alcandre,
Pour voir tout l'Vniuers à ta force soufmis,
Pour te voir triompher, & i'imitant apprendre,
De foudroyer mes ennemis.
Permets, rare Vainqueur, que te faisant escorte,
Ie gouste desormais la douceur de tes Lois,
Et que se puisse offrir au Daufin qui te porte
Les seruices que ie luy dois.

F

RECIT D'ALCANDRE
PORTE' PAR VN DAVFIN.

Allez mon bras victorieux,
Où ma fortune vous appelle,
Auec des efforts glorieux;
Cueillir vne palme nouuelle:
Allez mes exploicts rauiſſans,
Malgré tant de charmes puiſſans,
Mettre nos ennemis en poudre.
Objet des plus braues guerriers?
Sçauriez vous redouter la foudre,
Me voyant ſi plein de lauriers?

  Il ſemble aux genereux explois
Qui tiennent ma dextre occupee,
Que l'on ne doit prendre des Lois,
Que du trenchant de mon eſpee;
Et que touché du meſme amour,
Qui fait, que pour nous l'œil du iour
Eſtale ſes rais adorables,
Je dois les miracles diuers
De mes labeurs incomparables,
Au repos de tout l'Vniuers.

  Les Dieux offrans à ma valeur
Les plus difficiles conqueſtes,
M'ont veu jetter de la paleur
Sur les plus orgueilleuſes teſtes;
Encor veulent ils que ce fer,
Aille de nouueau triompher,
Ou pour cueillir les ſacrifices

De mes ennemis abbatus,
Ou pour donner des exercices
Aux ouurages de mes vertus.

L'Occean, effroy des mortels,
A tous, fors qu'à moy redoutable,
Autresfois dreſſa des Autels
A ma puiſſance eſmerueillable.
Auiourd'huy ce ſouple Element
Me deſtine vn autre ornement,
Sous moy les Tulipes eſcloſes,
Uont naiſtre du fonds de ſes eaux,
Et les Zephirs ſouffler des roſes
Sur la poupe de mes vaiſſeaux.

Comme dans vn miroir flottant,
Ie vais voir mille Nereides,
Qui ſur le criſtal inconſtant
De leurs promenades liquides,
Auec leurs brillans aiſlerons,
Soulageront les auirons
De ces belles Nefs preparees,
Que Thetis m'a deſia promis,
Pour les conqueſtes aſſeurees,
Du reſte de mes ennemis.

Mais quoy? ſçauroit elle choiſir
Vne Nef aſſez diligente,
Et qui ne fuſt à mon deſir,
Et trop pareſſeuſe & trop lente?
Il faut à l'ayde d'vn Daufin
Aller mettre vne honteuſe fin,
A la licence trop extreme
De tout ce Magique apareil,
Et faire dire que Mars meſme,
N'entreprendroit rien de pareil.

LE DIEV DE LA CHASSE
AV GRAND ALCANDRE.

LOing de vous, grand Heros, Conquerant indompté,
  Voyant ma puissance destruite,
Tout Dieu, comme ie suis, ie tire vanité,
  De me mettre de vostre suite,
  Et dans la presse des mortels,
Vous dresser, comme ils font, chasque iour des Autels.

LE DIEV DE LA PESCHE.

VOus sçachant icy couronné
 Des rais d'vne nouuelle gloire,
I'ay le seiour abandonné,
Des bords de la Seine & de Loire,
Pour vous offrir auecque des encens
Mes plaisirs aussi doux, comme ils sont innocens.

LE DIEV DV IEV.

APres le jeu que Mars à ta valeur inspire,
 Où tu restes tousiours le glorieux Vainqueur,
Il est temps, qu'arrestant les bouillons de ton cœur,
Ie t'offre les douceurs qui sont dans mon Empire:
Mais que sçaurois ie offrir, digne de ta Grandeur,
  La terre en sa vaste rondeur,
  Paroist à mon gré trop petite,
  Pour satisfaire à ton merite.

LE

LE DIEV DE LA MVSIQVE.

EN vain par des sons divers
J'ay voulu ravir Alcandre,
Au plus fort de mes concers,
Sa valeur m'a fait entendre,
Que tant que Mars en courroux,
Excitera dessus nous
Ceste tempeste publique,
Il ne se plairra sinon,
Qu'à la tonante musique,
Des mousquets & du canon.

LA GVENVCHE
AVX DAMES.

IL n'est que trop vray, ie suis laide,
Mais parmy ces difformitez,
Tant de graces que ie possede,
Preualent dessus vos beautez;
Vos humeurs tousiours inesgales,
(Par des necessitez fatales)
Tiennent vos Amans plus cheris,
En des eternelles allarmes;
Mes laideurs n'excitent que ris,
Et iamais vos beautez n'excitent que des larmes.

RECIT DES NAINS.

DAns nos corps petits & laids,
Un grand courage s'enserre,

G

Nous sommes Nains aux Ballets,
Et des Geans à la guerre.

RECIT
DES HERMAPHRODITES

TAisez vous, rieurs Democrites,
Lucine en nous donnant le iour,
Nous a fait naistre Hermaphrodites
Sous l'Astre de Mars & d'Amour,
L'vn fait nos regards adorables,
L'autre nos dextres redoutables,
Si que desormais les humains,
Ne sçauroient faire resistance,
A la Diuine violance,
Et des traits de nos yeux & des coups de nos mains.

RECIT
DES PALADINS FRANCOIS
DELIVREZ PAR LE GRAND ALCANDRE.

QVe nostre mal fust heureux,
Et que le sort de nos armes,
Qui pareust si rigoureux,
Treuue d'agreables charmes.
Que nostre captiuité
Nous rend de felicité:
Dressez, peuples de la terre,
Les Autels que vous deuez
A ce Demon de la guerre,
Par qui nous sommes sauuez.

C'eſt vn Alcide vainqueur,
Dont la genereuſe audace,
A ſouuent glacé le cœur,
Du Dieu meſme de la Thrace.
Ce bras qui ſçait tout dompter,
Et qui peut executer
Tout ce qu'il daigne entreprendre:
C'eſt la terreur des peruers,
Pour tout dire c'eſt Alcandre,
L'Arbitre de l'Vniuers.

    Alcandre honneur immortel
Des Nayades de la Seine,
Dans le genereux martel,
De cet amour qui l'entraine,
Deſtruiſant noſtre priſon,
Vient de mettre à la raiſon
Ceſte impudique Sorciere,
Qui de ſes charmes cruels
Croyoit faire la matiere,
De nos maux perpetuels.

    Des que ſon Royal Dauſin
A paru deſſus nos riues,
Nos deſplaiſirs ont prins fin,
Et nos libertez captiues
Ont auſſi-toſt eſpreuué,
Qu'il nous eſtoit reſerué,
Par la main des deſtinees,
Pour venir riche d'honneur,
Sur nos craintes terminces,
Eſleuer noſtre bon-heur.

    Qui n'a veu le bras fatal
Du demy Dieu qui le guide,

Parmy l'empierré cryſtal,
De cet Element humide;
Sur ce Dauſin glorieux,
Eſcarter victorieux
Les plus horribles tempeſtes,
Et fauory des deſtins,
Faire eſclater ſes conqueſtes
Dans l'Empire des Lutins.

　　Aſſeuré de ſon pouuoir,
Seul il aborde ceſte Jſle,
Et ſa valeur nous fait voir,
Qu'il vaut autant que dix mille,
Sous les bruits de ſes effors,
Flore reuient en ces bors,
Tous les arbres reffleuriſſent,
Les Cieux paroiſſent ouuers,
Et les Aſtres adouciſſent
L'inſolence des Hyuers.

　　Cent petits Amours doüillets,
Suiuent à l'enuy ſes traces,
Et font naiſtre des œillets,
Où furent iadis des glaces;
Les vents chomment enfermeZ,
Mille chantres emplumeZ,
Font des muſiques de ioye,
Voyant nos charmes deffaits,
Et qu'ils ne ſont plus la proye
De leurs Magiques effaits.

　　Triomphateur reueré,
Voſtre gloire ſans ſeconde,
Va ſous ſon throſne adoré
Aſſujetir tout le monde.

Le

Le Ciel couuert de paleur,
Redoutant voftre valeur,
Vous configne fon tonerre,
Pour vous l'air fe va calmer,
Vous allez vaincre fur la terre,
Voftre Daufin fur la Mer.

    Mais d'où vient que nos explois,
Auec fi peu de deffence,
S'affujetirent aux Lois
D'vne fi lafche puiffance,
Que fi toft noftre vertu,
Sous vn courage abatu,
Vit fa force diffipee!
(Heros) le Ciel le voulut,
Pour tirer de voftre efpee,
L'effet de noftre falut.

    Puiffiez vous, grand Conquerant,
Voir fous vn Aftre proffere
Voftre gloire aller courant
De l'vn à l'autre Hemifphere.
Puiffiez vous (ayant foufmis
L'orgueil de vos ennemis)
Voir diffiper en fumee
Tous leurs factieux complos,
Et laffer la Renommee
Du recit de voftre los.

DE NOVGVIER,

   Lecteur ie t'aduertis que dans peú de temps la difpo-
fition de ce Ballet fera mife au iour, auec les changemens
des Scenes, Machines, Figures & defcription des Habits,
où tu pourras entierement fatisfaire ta curiofité.